日本一短い手紙

「花」

本書は、平成二十六年度の第二十二回「一筆啓上賞―日本一短い手紙　花」（福井県坂井市・公益財団法人丸岡文化財団主催、一般社団法人坂井青年会議所・株式会社中央経済社共催、日本郵便株式会社・福井県・福井県教育委員会・愛媛県西予市後援、住友グループ広報委員会特別後援）の入賞作品を中心にまとめたものである。

同賞には、平成二十六年四月一日～十月十日の期間内に三万三三三六通の応募があった。平成二十七年一月二十六日に最終選考が行われ、大賞五篇、秀作一〇篇、住友賞二〇篇、坂井青年会議所賞五篇、佳作一六六篇が選ばれた。同賞の選考委員は、池田理代子、小室等、佐々木幹郎、新森健之、中山千夏の諸氏である。

本書に掲載した年齢・職業・都道府県名は応募時のものである。

目次

入賞作品

大賞

秀作

住友賞

坂井青年会議所賞

「二歳になる娘」へ

来年《らいねん》は、タンポポの綿毛《わたげ》を
一人《ひとり》で飛《と》ばせるといいね。
ママは酸欠《さんけつ》で、もう倒《たお》れそうです。

大賞
日本郵便株式会社
社長賞
前田　有加
長崎県　30歳　主婦

「妻」へ
黙《だま》って咲《さ》いてくれ
この花《はな》のように！

大賞
日本郵便株式会社
社長賞
海原　敏文
徳島県　66歳　農業

「天国の妻」へ

おーい、お花《はな》を新《あたら》しくしたぞ。
活《い》け方《かた》に文句《もんく》あるなら出《で》てこいや

大賞
日本郵便株式会社
社長賞
西田　晏皓
埼玉県　70歳　会社員

「卒寿　間近の母」へ

戦地《せんち》に赴《おもむ》く父《ちち》へと送《おく》った手紙《てがみ》に、
金木犀《きんもくせい》の花粒《はなつぶ》を忍《しの》ばせたとか。
お見《み》それしました。

太平洋戦争の頃、両親にもこんなに熱い想いを交わす若いときがあったんだな。

大賞
日本郵便株式会社
社長賞
阿江　美穂
兵庫県　62歳　主婦

「お母さん」へ

病院《びょういん》で　一人《ひとり》ねるのはさみしいですね。
部屋《へや》に花《はな》があったね。
だれか、きてくれたんだね。

大賞
日本郵便株式会社
社長賞
酒井　健太
福井県　10歳　小学校4年

「亡き義父」へ

妻《つま》と義母《はは》、
共《とも》に倒《たお》れて二人《ふたり》を介護《かいご》。
両手《りょうて》に花《はな》です、
まだそちらへは行《い》かせません。

婿養子の老老介護です。

秀作
日本郵便株式会社
北陸支社長賞

山本 敦義
愛媛県 80歳

「ラフレシア」へ

あなたは、とても大《おお》きくて、
くさいそうですね。
いっかいあってみたいです。

秀作
日本郵便株式会社
北陸支社長賞
内藤　颯人
福井県　12歳　中学校1年

「母さん」へ

たまにはさ、
花《はな》に水《みず》やりしている顔《かお》で、
父《とう》さんにお茶《ちゃ》だしてあげなよね。

毎日欠かさずいい笑顔で花に水をやる母。父さんにも見せてあげたいです。
いや、実はこっそり見てるかも…?

秀作
日本郵便株式会社
北陸支社長賞

三浦　亜子
大分県　39歳　主婦

「じいちゃん」へ

ばあちゃんの、
おはかのために
自分《じぶん》で花《はな》を育《そだ》てているところ、
かっこいいね。

秀作
日本郵便株式会社
北陸支社長賞
角谷　俐生
カナダ　8歳
日本語補習校3年

「通行人様」へ

庭《にわ》の花《はな》、ちらりと見《み》て通《とお》り過《す》ぎる。
それだけで、うれしゅうございます。

秀作
日本郵便株式会社
北陸支社長賞

井上 茂乃
佐賀県 60歳

「お母さん」へ

棺《ひつぎ》に菊《きく》は死《し》んだ人《ひと》みたいだから
コスモスにしてって、
最期《さいご》まで明《あか》るい人《ひと》だったね。

秀作
日本郵便株式会社
北陸支社長賞
横山　かおり
長野県　44歳　主婦

「お義母様《かあさま》」へ

草木《くさき》の名前《なまえ》は何《な》んでも知《し》ってる　お義母様《かあさま》。
その息子《むすこ》はネギとスイセンを間違《まちが》えます。

秀作
日本郵便株式会社
北陸支社長賞
中島　郁
福岡県　主婦

花《はな》贈《おく》る。
勘当解消《かんどうかいしょう》
孫《まご》が先《さ》き。

秀作
日本郵便株式会社
北陸支社長賞

金甲経
韓国 85歳

「息子」へ

俺々《オレオレ》詐欺《さぎ》対策《たいさく》の合言葉《あいことば》は
母《はは》の好《す》きな花《はな》に決《き》めましたので
お知《し》らせします…

秀作
日本郵便株式会社
北陸支社長賞
塚崎 てる子
大阪府 64歳

「戦友へ今は亡き」へ

戦場《せんじょう》で歩《ある》けない友《とも》を置《お》いて来《き》た
蘭《らん》の花《はな》一輪《いちりん》持《も》たせ眼《め》を閉《と》じると
その声《こえ》が聞《きこ》える顔《かお》が浮《うか》ぶ

激戦の地比島で歩けない戦友その野に山に置いて来ました蘭一輪とパン一斤を置いて

秀作
日本郵便株式会社北陸支社長賞
廣津留 長録
佐賀県 92歳

「友」へ

高校時代《こうこうじだい》の渾名《あだな》覚《おぼ》えてる?
私《わたし》ダリア貴女《あなた》はスズラン。
どちらも根《ね》っこに毒《どく》があったわね。

住友賞
清水 町子
長野県 61歳 農業

「お母さん」へ

お花《はな》やさんで、
お金《かね》のなる木《き》を買《か》ってくれてありがとう。
10円《えん》がなったら一枚《いちまい》だけあげる

どうしても欲しいと買ってあげましたが、本当のお金がなると思っていたようです。
今は、枯れてきてしまいました。内緒にしています。

住友賞
濱 千裕
鹿児島県 7歳 小学校2年

「お花屋さんの君」へ

お花屋《はなや》さんに
花束《はなたば》贈《おく》るのもどうかと思《おも》ったんやけど。
売《う》り物《もの》にせんといてや（笑《わらい》）

当時、彼女はお客さんから注文を受けた花束を作りながら、
「花屋の私には誰も花を贈ってくれない」と、笑いながら言ってました。

住友賞
有村 智章
大阪府 51歳 会社経営

あなたからもらった初《はじ》めての花束《はなたば》。
後《あと》がなかったから、忘《わす》れられない。

住友賞
吉田　恵子
大阪府　61歳

「みなさん」へ

あ！ふまないで
わたしはここで
いきているのよ。

お花のきもちになって　かいてみました。

住友賞
いとう ひめの
福井県　8歳　小学校2年

「どうにか三十三年連れそってきた夫」へ

結婚《けっこん》して初《はじ》めての誕生日《たんじょうび》。
黄色《きいろ》のバラありがとう。
花言葉《はなことば》は別《わか》れ、知《し》らなかったでしょ。

住友賞
山口　としこ
東京都　60歳　主婦

「母」へ

結婚式《けっこんしき》で花嫁《はなよめ》のブーケをキャッチしました。
しばしお待《ま》ちください。

住友賞
遠藤　陽子
埼玉県　43歳　会社員

「ゆりのきゅうこん君」へ

ぼくが育《そだ》てたら芽《め》も出《で》なかったのに、
おじいちゃんだと
花《はな》をさかせるなんてずるいよ。

学校からもらってきた、ゆりの球根をそうたが水やりして育てても全然芽が出ないので、おじいちゃんの家で育ててもらうことにしたら、一週間で芽が出て、その後、きれいな花が咲きました。おじいちゃんが、掘り起こしたら、そうたが球根を深くうめすぎていただけで、ちゃんと芽は出ていたそうです。

住友賞
池田 颯汰
福井県 9歳 小学校4年

「妻」へ

プレゼントの花《はな》を
「もったいない」と笑《わら》った君《きみ》。
その笑顔《えがお》が、僕《ぼく》の一番《いちばん》見《み》たい花《はな》です。

住友賞
山下 研一
長崎県 48歳 会社員

「先生」へ

いつも花《はな》まるをありがとうございます。
でも100点《てん》のほうが
うれしい年《とし》ごろになりました。

住友賞
山本 陸人
福井県 10歳 小学校5年

「夫」へ

二十代《にじゅうだい》、
野《の》の花《はな》のようで可憐《かれん》と　貴方《あなた》は言《い》った。
今《いま》は?と聞《き》くと　黙《だま》ってしまった。

住友賞
市場　美佐子
鳥取県　65歳　会社員

「心優しい長男」へ

雑草図鑑《ざっそうずかん》、ありがとう。
それでも、お願《ねが》い。
庭《にわ》の草《くさ》とり。

住友賞
小西　みつ子
京都府

「夫」へ

バラの花《はな》で私《わたし》を射止《いと》めたあなた、
刺《さ》さった棘《とげ》は一生《いっしょう》抜《ぬ》けない

住友賞
林 洋子
岐阜県 63歳 主婦

美しい花には棘が、美男子ではない男にも棘がありました。

「ランチタイムの旦那」へ

タコウインナーの予定《よてい》が、
でき損《そこ》ないのチューリップになっちゃった。
午後《ごご》もガンバレ。

住友賞
加茂前　良子
兵庫県　50歳　自営業

「夫」へ

髪型《かみがた》かえても気付《きづ》かない夫《あなた》。
夕顔《ゆうがお》の小《ちい》さな芽《め》に大喜《おおよろこ》びしていた夫《あなた》。
『私《わたし》は花《はな》になりたい』

主人は我家の小さな畑で四季折々の花・野菜を作ってくれとても助かっています。

住友賞
森 のり
宮崎県 70歳 パート

「5才の娘」へ

白《しろ》つめ草《ぐさ》と「ママらいすき」の手紙《てがみ》。
さっき怒《おこ》ってゴメン。
ママもとっても、らいすき！

住友賞
宗正　いぶき
山口県　30歳　公務員

鏡文字、そして「だいすき」を「らいすき」と書く幼い娘。一生懸命なあなたが、ママの宝もの。

「おじいちゃん」へ

来年《らいねん》も母《はは》の日《ひ》の花《はな》を選《えら》びたい。
そっちで会《あ》ったら「帰《かえ》れ」と言《い》ってね
おじいちゃん。

母が倒れて昏睡状態の時、おじいちゃんの墓参りに行ってお願いしてきました。

住友賞
濵野 有希子
兵庫県 42歳 主婦

「母の日のお母さん」へ

カーネーションなくてごめんね。
ぼくが渡《わた》すのははずかしくなくなるまで
長生《ながい》きしてね。

住友賞
古澤　愛都
岐阜県　12歳　中学校1年

ぼくはお母さんにカーネーションをあげたことがありません。すごく感謝しているけどどうしてもはずかしくてなにもできなくなってしまいます。お母さんはなにもいわないけどちょっとさみしそうです。だからいつかきっとぜったいにたくさんのお花をわたしてあげたいと思います。

「夫」へ

結婚六十七年《けっこんろくじゅうななねん》。
そう言《い》えば一度《いちど》も
お花《はな》をもらったことなかったけど、
まだ間《ま》に合《あ》います。

お花などという時代ではなかったのですが、ちょっと言ってみたかったのです。

住友賞
溝上　志津子
長崎県　84歳

「息子」へ

貴方《あなた》の彼女《かのじょ》から
母《はは》の日《ひ》に綺麗《きれい》な花《はな》が届《とど》いた。
ところで息子《むすこ》よ、
東京《とうきょう》に花《はな》は売《う》ってないの？

息子より先に、うちのお嫁さんになって下さいとプロポーズしようと思いました♡

住友賞
杉本 美和子
福井県 41歳 社会福祉協議会

「朝顔さん」へ

自由研究《じゆうけんきゅう》ありがとうございました。
けっこうおねぼうさんなんですね。

坂井青年会議所賞
丸山　陽
福井県　9歳　小学校4年

「ぼくのにわのおはな」へ

だれかにふまれても、
ぼくがなおしてあげる。
だってぼく、
ばんそうこうもってるからね

坂井青年会議所賞
羽形山　桜丞
福井県　8歳　小学校2年

「みあ」へ

ぼくはきみの
たったひとりのおにいちゃん。
あさがおのことは
なんでもきいてくれたまえ

坂井青年会議所賞
本谷　佳嗣
福井県　6歳　小学校1年

今年、一年生になり学校であさがおの種を植えました。小学校へ行き、今までより少し偉くなった気分。何でも教えてあげたい気持ちを妹に送ります。

「お母さん」へ

お母《かあ》さんはあかるいからひまわりみたい。
お母《かあ》さんのひまわりはぜったいかれない。

坂井青年会議所賞
高橋　万紀
福井県　9歳　小学校3年

「天国のパパ」へ

みゆが作《つく》った折紙《おりがみ》のバラ、
ギターにつけてくれたね。
パパも花《はな》も自《じ》まんしたかったな。

坂井青年会議所賞
杉本　茅幸
福井県　9歳　小学校4年

パパは子供の幼稚園でギターの演奏会をする予定でしたが、前日に急死しました。子供が折り紙で作ったバラの花をほめてくれ、演奏会につけていくわ、と大事なギターにはって、子供と緊張しながらも楽しみにしてたから残念だったと思います。

佳作

「大震災で行方不明の叔母」へ

ガレキの中《なか》から拾《ひろ》った球根《きゅうこん》。
三年目《さんねんめ》の春《はる》もきれいに咲《さ》いてます。
今《いま》、どこで見《み》てますか?

古水　和子
岩手県　66歳　主婦

「五十年前のジジ」へ

長男《ちょうなん》が産《う》まれた日《ひ》、菊《きく》の花《はな》を貰《もら》ったよ。
照《て》れ臭《くさ》くて薔薇《ばら》を買《か》えなかったんだね

おそらく花屋さんに入った事がなかった五十年前の主人。
店頭のバケツに入っていた佛さま用の花を買って病室に来てくれました…

伊藤 セツ子
宮城県 74歳 主婦

「仏様」へ

春《はる》なのに桜《さくら》の開花《かいか》を喜《よろこ》べませんでした。
それから2年《ねん》が経《た》ち
桜《さくら》の花《はな》に綺麗《きれい》と言《い》えました。

清川 悦嗣
宮城県 52歳 地方公務員

「ししゃます息子」へ

人生一度《じんせいいちど》きりと言《い》い
東京《とうきょう》へ行《い》った息子《むすこ》。
どうぞご勝手《かって》に
母《はは》の日《ひ》に届《とど》いた花束成長《はなたばせいちょう》の歩《あゆみ》。

庄司　香苗
宮城県　47歳　パート

「ししゃます」とは、仙台弁で〝手こずる〟とか〝手におえない〟と言う意味です！

「ツツジ」へ

花《はな》よ。ぼくは花《はな》には興味《きょうみ》はない。
しかし、ツツジのみつは吸《す》う。
おいしいみつを有難《ありがと》う。

伊藤　心
秋田県　9歳　小学校4年

「白い花より、赤い花の方が甘い」と、息子は言っています。
「道草を食う」のではなく〝道草を吸って〟通学しているようです。（母）

「担任の先生」へ

自分《じぶん》にも水《みず》をやらなきゃ
自分《じぶん》という名《な》の花《はな》は咲《さ》かないって
教《おし》えてくれてありがとう。

伊藤 彩
山形県 16歳 高校2年

「大津波で娘を亡くした友」へ

大津波《おおつなみ》が幸《しあわ》せを奪《うば》った。
過去《かこ》も未来《みらい》も。
最近《さいきん》、待受《まちうけ》に満開《まんかい》の向日葵《ひまわり》が。
少《すこ》し安心《あんしん》したよ。

飯村 伸一
福島県 53歳 警察官

「息子（次男）」へ

高校卒業式《こうこうそつぎょうしき》の日《ひ》。

黙《だま》って一本《いっぽん》のバラの花《はな》を。

「毎日弁当《まいにちべんとう》ありがとう。」

もう作《つく》れないね。

飯村 優美
福島県 48歳 主婦

「お義母さん」へ

頂《いただ》いた鉢植《はちう》え部屋《へや》に置《お》いた途端《とたん》、
私《わたし》いきなりキレイ好《ず》きになりました。

花好きの義母から譲り受けた鉢植の花が、まるで義母の眼の様で（笑）
シャキっとします

菊池 陽子
福島県 35歳 会社員

最初《さいしょ》の結婚記念日《けっこんきねんび》に夫《おっと》から花束《はなたば》。
最初《さいしょ》で最後《さいご》かもと思《おも》ったら、
思《おも》った通《とお》りじゃないの。

佐々木 由紀
福島県 42歳 会社員

「自分」へ

旦那《だんな》一人《ひとり》、息子《むすこ》三人《さんにん》。
やっぱり、
私《わたし》が家族《かぞく》の花《はな》になるしかないよね。

白岩　広美
福島県　42歳　保育士

「学生時代の自分」へ

写生《しゃせい》の授業《じゅぎょう》。
いろんな花《はな》が、置《お》かれたが、
絵《え》のヘタな僕《ぼく》。
どんな花《はな》でも、チューリップ。

久松 俊一
茨城県 64歳 自由業

「お父さん」へ

「お父《とう》さんも花植《はなう》えるぞ」って、枝豆《えだまめ》の苗《なえ》をたくさん植《う》えてたネバレバレだよ

私とお母さんは、マリーゴールドやサルビアを植えました。色、鮮やかで「きれいきれい」と感動。その隣で、父はせっせと…。

舟橋　優香
茨城県　20歳　大学3年

「母」へ

母《はは》へ、
母《はは》の日《ひ》に年《とし》の数《かず》だけ
カーネーションの花束《はなたば》を贈《おく》ります。
五本《ごほん》くらい少《すく》なくしとくよ

星野　友輝
群馬県　16歳　高校1年

「娘」へ

71本《ぼん》のバラの花束《はなたば》。
サバ読《よ》んでもよかったのよ。

誕生日に年の数と同じバラの花束をもらいましたがお金も大変だし、自分の年を目の前に突きつけられるのもなんとなく悲しくて…。でも感謝しています。

遠藤　恵子
埼玉県　71歳　主婦

「天国のお母さん」へ

桜《さくら》が嫌《きら》いになりました。
毎年《まいとし》一緒《いっしょ》に行《い》っていたお花見《はなみ》。
ひとりで行《い》くのが寂《さび》しくて。

亡くなる前の年に行ったお花見でこれがあなたと見る最期の桜かしらと寂しそうにつぶやいた老いた母の姿が忘れられません。桜を見ると今でも悲しくお花見は行きません

門脇 清美
埼玉県 56歳 主婦

「新婚のわたし」へ

嫁初心者《よめしょしんしゃ》、自分《じぶん》メモ。
来年《らいねん》は義母《はは》にも五月《ごがつ》はカーネーション。
最初《さいしょ》の年《とし》でつまずくな！

国島　由紀子
埼玉県　54歳　公務員

「天国のあなた」へ

今《いま》の風《かぜ》パパでしょう?
今年《ことし》も桜《さくら》は満開《まんかい》です。
キラキラの陽《ひ》の中《なか》から
耳元《みみもと》に飛《と》んで来《き》たよ。

小泉　啓子
埼玉県　61歳　保育士

突然亡った夫へ書きました。何があっても桜は2人で見に行ったものです。
今年から一人です。

「公園の八重桜」へ

枝《えだ》折《お》ってごめん。
最期《さいご》、爺《じい》ちゃんにあんたを
見《み》せてやりたかった。
叶《かな》ったよ。ありがと。

佐藤　綾美
埼玉県　29歳　会社員

春初めに祖父は倒れ、桜が満開になっても意識不明のままでした。もうそろそろ桜も終わりという時に、お医者様に今夜が峠だろうと宣告をされ、人生最後の桜を見せてあげたいと思った私は、祖父が毎日散歩していた公園の八重桜の枝を折って病室に持っていきました。その夜、祖父は静かに息を引き取りました。あれから数年、私が枝を折ってしまった八重桜には、毎年「ごめん。」と「ありがとう。」を言いにお花見へ行っています。

「父さん」へ

歳《とし》のせいで
何《なに》もかも億劫《おっくう》がる母《かあ》さんだけど、
仏壇《ぶつだん》の花選《はなえら》びだけは真剣《しんけん》だよ。
やけちゃうね

高野　由美
埼玉県　50歳　主婦

「親父」へ

お袋《ふくろ》に花《はな》贈《おく》ると親父《おやじ》も嬉《うれ》しそう。
花《はな》には関心《かんしん》なくてもさ、
お袋《ふくろ》の機嫌《きげん》は大事《だいじ》だもんね。

西川 俊朗
埼玉県 50歳 薬剤師

80才近い両親は2人暮らし。父はとっくにリタイアしていますが、母は現役看護師です。

墓《はか》に花《はな》なんかいらねえよ
酒《さけ》さえあればそれでいい
墓参《はかまい》りする度《たび》
パパの言葉《ことば》がすーとよぎる

藤田 和子
埼玉県 81歳

「お母ちゃん」へ

生《なま》ゴミからカボチャが生《は》えてきて
とうとう花《はな》が咲《さ》きました。
今日《きょう》も会社《かいしゃ》に行《い》ってきます。

藤津　亜季子
埼玉県　28歳

ようやく内定をいただけた会社で働き始めて一年目、生ゴミを堆肥にしてプランターにまいたら、実家から送られてきたカボチャの食べ残りが混ざっていたらしく、みるみる成長して、また食べました。

「昔の人」へ

君《きみ》が嫁《とつ》ぐと知《し》った晩《ばん》、
君《きみ》の家《いえ》の垣根《かきね》のバラを失敬《しっけい》して
胸《むね》に飾《かざ》って「サヨナラ」しました。

松川 靖
埼玉県 79歳

「友」へ

満開《まんかい》の桜《さくら》の下《した》で、
ブサインのあなた。
ごめんね、
花《はな》にピントを合《あ》わせてしまった。

矢野 典子
埼玉県 72歳

「花」へ

スキ・キライ・スキ…こどもの頃《ころ》、
たくさんちぎってごめんなさい

小野 愛美
千葉県 24歳 主婦

「お母さん」へ

畑《はたけ》の草取《くさと》り大変《たいへん》だけど、
花《はな》に寄《よ》ってくる蝶々《ちょうちょ》は、
お母《かあ》さんだと思《おも》って頑張《がんば》ってるよ。

蝶は「死者の魂がこの世に甦った姿」とされている為、
蝶を見る度、母が私に会いに来てくれたと思う。

加登舎 亜喜子
千葉県 41歳 主婦

「風」へ

うちの庭《にわ》、
いつの間《ま》にかお花畑《はなばたけ》になったのね。
なんだかさ、
君《きみ》の「気《き》まま」も悪《わる》くない。

木内 裕希
千葉県 主婦

「十七才の孫」へ

五才《ごさい》の時《とき》、見《み》つけてくれた幸《しあわ》せのクローバ。
押《お》し花《ばな》になって今《いま》、君《きみ》を応援《おうえん》してるね。

佐藤　ヨキ子
千葉県　71歳

癌を病んでた私の為に見つけてくれたクローバ。あれから十二年、押し花になったクローバは、びんに入り、孫の大学受験を応援してます。

「同級生」へ

僕《ぼく》はヒマワリが好《す》き、
みんな顔《かお》を太陽《たいよう》に向《む》けるから。
みんなという所《ところ》が僕《ぼく》はすごいと思《おも》う

瀧上　陸
千葉県　14歳　中学校2年

「夫」へ

私《わたし》より庭《にわ》の花《はな》を気《き》にかけるのは、止《や》めてもらえますか？

単身赴任している夫の気がかりは、趣味の庭。電話では、開口一番 花は大丈夫か？…と聞いてきます。

浪岡 玄
千葉県 57歳 主婦

「小学三年生の娘」へ

きれいな野《の》の花《はな》をいつも有難《ありがと》う。
でもどうか寄《よ》り道《みち》せず
無事《ぶじ》に母《はは》のもとへ帰《かえ》ってきてね。

長谷川　里香
千葉県　38歳　主婦

小学校の帰り道　母へ野花を摘んできてくれる優しい娘です。

「植村先生」へ

花《はな》は慌《あわ》てて咲《さ》かぬ方《ほう》がいいと
励《はげ》ましてくれた先生《せんせい》、
五十路《いそじ》過《す》ぎても待《ま》っててくれますか？

宮崎　みちる
千葉県　49歳　派遣社員

「主人」へ

初《はじ》めて貰《もら》った花束《はなたば》は、
菊《きく》と桔梗《ききょう》だったよね。
私《わたし》って貴方《あなた》の仏様《ほとけさま》だったんだわ。
昔《むかし》も今《いま》も。

吉村 りつ子
千葉県 62歳 主婦

40年程前、私の誕生日の八月十一日頃。田舎の花屋には、お盆用の花しか売っていませんでした。

「親愛なるH.N.さん」へ

百本《ひゃっぽん》のバラでダメなら、
食用菊百株《しょくようぎくひゃっかぶ》(無農薬《むのうやく》)でプロポーズ、
受《う》けて下《くだ》さいますか?

米井 暢成
千葉県 30歳 自由業

「息子」へ

「花《はな》、高《た》こうて買《か》えんかった。」

涙目《なみだめ》でくれた赤《あか》い折紙《おりがみ》の花《はな》。

門限破《もんげんやぶ》りを叱《しか》ってゴメン。

岡本　敏子
東京都　53歳　アルバイト

息子がまだ小さかった頃、門限になっても帰って来ず…暫くして帰った息子を理由も聞かず叱ってしまいました。少ない小遣いを握って母の日のカーネーションを探し回って…母の日の思い出です。

「母」へ

家事《かじ》は大変《たいへん》そう。
でも母《はは》はバッチリこなす。
かすみ草《そう》を贈《おく》りたい。
花言葉《はなことば》はありがとう。

川口 翔
東京都 17歳 高校3年

「息子」へ

真《ま》っ赤《か》なハイビスカスのアロハ。
ハワイじゃ正装《せいそう》だけど、
初《はつ》デートにはどうかなあ

武田　斉紀
東京都　52歳　会社経営

「お義母さん」へ

毎年私《まいとしわたし》の誕生日《たんじょうび》に花束《はなたば》をありがとう
二年連続毛虫《にねんれんぞくけむし》がついていたけど
深《ふか》くは考《かんが》えません。嫁《よめ》

谷 絵巨
東京都 39歳 主婦

「母」へ

安《やす》いからって、花柄《はながら》パンツ買《か》ってこないでいいよ。下着《したぎ》くらい自分《じぶん》で買《か》います。

山口　かおり
東京都　24歳

24の娘の下着のことまで心配してくれる母へ。私　大人だから自分で買えます。

「娘」へ

小《ちい》さい頃《ころ》
「タンポポ見《み》つけた」って走《はし》って行《い》って、
振《ふ》り向《む》いた時《とき》の笑《え》顔《がお》は宝物《たからもの》だよ。

安藤　照子
神奈川県　57歳

春を感じる気持ちが嬉しかったです。大人になっても感じてほしいです。

「認知症のおばあちゃん」へ

菊《きく》の花《はな》きれいだねと言《い》いながら
冷蔵庫《れいぞうこ》には入《い》れないで
ちゃんと花瓶《かびん》に飾《かざ》ってね。

九十一才になるおばあちゃん、認知症が進んで何でも冷蔵庫に入れてしまいます。

尾崎　信夫
神奈川県　65歳

「夫」へ

結婚記念日《けっこんきねんび》はきのうだよ。
慣《な》れないことするから
バラの花束《はなたば》も笑《わら》ってる。

中塚 淳子
神奈川県 52歳 パート

「自分」へ

水《みず》をやり肥料《ひりょう》を与《あた》え、
手《て》をかけすぎて枯《か》らしたシクラメン。
私《わたし》の子育《こそだ》て大丈夫《だいじょうぶ》？

中塚 淳子
神奈川県 52歳 パート

「健くん」へ

八月《はちがつ》のお祭《まつ》りの時《とき》浴衣《ゆかた》の朝顔《あさがお》を見《み》て
「きれい」って言《い》ったけど
私《わたし》に言《い》ってほしかった。

中塚 結香
神奈川県 20歳 学生

「LEDでノーベル賞の3氏」へ

赤《あか》、緑《みどり》、そして青《あお》と光《ひかり》の花《はな》が咲《さ》きました。
発明《はつめい》が咲《さ》かせた夢《ゆめ》の花《はな》に感動《かんどう》の連続《れんぞく》です。

人間て素晴らしいことが出来るんだと感動しました。
戦争を無くす発明も出来ないでしょうか…。

安永　裕昭
神奈川県　59歳　デザイナー

「おっ父・おっ母」へ

花屋《はなや》さ売《う》ってるリンドウ見《み》だっけば
おっ父《とう》おっ母《かあ》元気《げんき》でらべがって思《おも》ったあ。
何処《なんじょ》でら？

横地　由紀
神奈川県　44歳
幼稚園介助員

両親は岩手県で花き農家をしています。リンドウなどを作っていて一緒に出荷の手伝いをした事を思い出します。

「亡き母」へ

何十年《なんじゅうねん》ぶりですね、
カーネーション。
今《いま》まで本当《ほんとう》に有《あ》り難《がと》う。
でも、今年《ことし》は白《しろ》。寂《さび》しい。

平井　直樹
山梨県

「バラづくりを始めた主人」へ

バラづくりも　妻《つま》も
一年《いちねん》では、
思《おも》うように
花《はな》は、咲《さ》きません。

小崎　貞子
長野県　62歳　会社員

「病室で眠り続ける友」へ

思《おも》い出《で》の花《はな》を、
私《わたし》は毎日《まいにち》持《も》って行《い》く。
いつ目《め》が覚《さ》めても
私《わたし》が来《き》たとわかるように。

いつ起きても独りじゃないよ、側に居るよ。という意味の「花」です。

北澤 綾乃
長野県 23歳 フリーター

「亡き母」へ

ゆりの香《かお》りが漂《ただよ》うと、
足《あし》が止《と》まります。
おかあさんが傍《そば》に来《き》たようで。
会《あ》いたいですね。

栢植 美雪
長野県 49歳 会社員

「毎年必ず来る君」へ

君《きみ》はいっつもそうだ。
ある日《ひ》突然《とつぜん》来《き》たと思《おも》ったら
僕《ぼく》を泣《な》かせて帰《かえ》るんだ花粉症《かふんしょう》

三上　竜太
長野県　18歳　高校3年

「おじいちゃん」へ

花《はな》は一回《いっかい》咲《さ》いたら枯《か》れてしまう。
それならこっちの華《はな》にしようと
決《き》めてくれた私《わたし》の名前《なまえ》。

持田　聖華
長野県　16歳　高校2年

「あなた」へ

プロポーズの花束《はなたば》に
値札《ねふだ》がついたままでしたね。
値段《ねだん》以上《いじょう》の妻《つま》になれずごめんね。

安藤　美千代
新潟県　62歳

「兄」へ

私《わたし》が母《はは》のお腹《なか》にいた時《とき》、
兄《あに》が呼《よ》んでいた「花《はな》ちゃん」。
それが私《わたし》の名前《なまえ》の一文字《ひともじ》なのです。

今井　郁花
新潟県　13歳　中学校1年

「お母さん」へ

私《わたし》が今《いま》おるとこ、
8月《がつ》にコスモス咲《さ》くねん。
あんまり実家《じっか》帰《かえ》らんくて　ごめん。

永井　博子
新潟県　28歳　アルバイト

「特別な人」へ

ずっと笑顔《えがお》でいると苦《くる》しいでしょ？
たまには泣《な》いてもいいんだよ？
あじさいみたいにね？

若井　理沙
新潟県　16歳　高校2年

「夫」へ

この前《まえ》 くれたバラの花束《はなたば》…
何《なに》か魂胆《こんたん》は無《な》いよね？

涌井 和子
新潟県 58歳 パート

「四十才の誕生日の自分」へ

花束《はなたば》に惑《まど》わされた訳《わけ》ではないのに
三十九才《さんじゅうきゅうさい》と十二《じゅうに》ヶ月《かげつ》と答《こた》えたあの日《ひ》、
十分《じゅうぶん》若《わか》かったよ。

柴田　照子
富山県　65歳

主人の同僚から四十才の誕生日に花束をもらい四十才の大台になったのが年寄りになった気がして……

「お客さん」へ

よく花《はな》を買《か》いに来《く》るけど、
花《はな》より私《わたし》が好《す》きらしい。
あなたの心《こころ》の花《はな》買《か》ってあげたい。

西森 奈々恵
石川県 33歳 店員

「みちのおはな」へ

いつもおはなをとってごめんなさい
ままにけっこんしてって
わたしたいからゆるしてね。

有田　亘太郎
福井県　６歳　小学校１年

「お母さん」へ

悲《かな》しいことやつらいことがあったら
花《はな》を見《み》るといいよ
でも花粉《かふん》には気《き》をつけてね

伊藤 風海
福井県 12歳 小学校6年

「妹」へ

初花《はな》ちゃん、かわいくて大《だい》すき。
ぼくのすきな「はな」は、
妹《いもうと》の初花《はな》ちゃんです。

いとう こ太ろう
福井県 9歳 小学校3年

「お母さん」へ

バラが好《す》きなお母《かあ》さん。
お母《かあ》さんもバラみたい。
おこる時《とき》はトゲだけど
笑《わら》う時《とき》は花《はな》びら。

大崎　柚奈
福井県　12歳　小学校6年

「おじいちゃん」へ

おくらの花《はな》がさいたよ。
びょういんにいる
おじいちゃんにも見《み》せたいな。

奥村　雛咲
福井県　7歳　小学校2年

「ミツバチさん」へ

私《わたし》のお花《はな》のワンピースにとまった時《とき》
お腹《なか》すいてたの？
今度《こんど》お家《うち》の向日葵《ひまわり》に遊《あそ》びに来《き》てね。

亀井　愛乃
福井県　9歳　小学校4年

「おかあさん」へ

おかあさんがうえたあさがおより、
わたしがうえたほうがおっきいよ。
すごいでしょ。

木村　彩楽
福井県　7歳　小学校1年

「犬のまめちゃん」へ

桜《さくら》が咲《さ》いたらお花見《はなみ》に行《い》きたいね。
まめは花《はな》びらを、
お母《かあ》さんはお団子《だんご》をパクッパクッ。

近くの丸岡城の桜を一緒にお花見したいな。
でも〝まめ〟はひらひら落ちてくる花びらに夢中なんだろうな。

窪田 直子
福井県 50歳 会社員

「植木ばちのホウセンカ」へ

ホウセンカさん、お花《はな》はまだですか？
ぼく、宿題《しゅくだい》のかんさつカードが
かけないいんだけど。

学校から持って帰ってきたホウセンカの花がなかなかさかなくて心ぱいしていました。

黒川　蒼一朗
福井県　9歳　小学校3年

「夫」へ

孫《まご》が来《く》ると花咲爺《はなさかじい》さん
孫《まご》が帰《かえ》ると閻魔大王《えんまだいおう》
優《やさ》しさの花《はな》びらを
私《わたし》にも降《ふ》らせてほしい　妻《つま》

澤﨑　純子
福井県　65歳　パート

「お母さん」へ

すみれ、咲《さく》、ハル
わたしと二人《ふたり》の弟《おとうと》の名前《なまえ》。
三人《さんにん》で一《ひと》つ

つじむら　すみれ
福井県　8歳　小学校3年

「コスモス」へ

コスモスは、
私《わたし》が初《はじ》めてだめにしちゃった花《はな》。
だからあやまりたいんだごめんねって。

土田　りの
福井県　11歳　小学校5年

「最愛の妻」へ

今頃気《いまごろき》がついた、京子《きょうこ》。
地味《じみ》で花《はな》のないオレが、
華《はな》やかな明《あか》るい花《はな》を手《て》に入《い》れていた。

そばに居て当然、こまごま動いてくれて当り前の古女房。
定年まで、仕事仕事の毎日だったが、フッと今頃になり、妻が見えてきた。

坪川 淳一
福井県 59歳 教育公務員

「妹」へ

夏《なつ》うまれの子《こ》に菫《すみれ》と名付《なづ》けた。
菫《すみれ》をローマ字《じ》で書《か》くと
smile《スマイル》になるからって。
お見事《みごと》

徳丸 郁子
福井県 44歳

「カラー」へ

ママにかわってるって言《い》われるけど、
ゆりやバラより
ふしぎな形《かたち》のあなたがすきなの。

冨田 紗矢
福井県 7歳 小学校2年

「杉」へ

「ハックション！」春《はる》の訪《おとず》れ。
ほころび始《はじ》めたみたいだね。
今年《ことし》はお手《て》やわらかに。

冨田 周佑
福井県 15歳 中学校

杉の花が吹くといつもつらいんだよね…。

「だいすきなママ」へ

しろつめくさのかんむりが、
きらきらしすぎてときめいた。
ママのまほうはすごいよね。

中川　実祐
福井県　6歳　小学校1年

ママにつくってもらったかんむりをつけたときうれしかった。おひめさまみたいだった。
ママはなんでもつくれてすごいとおもった。

「今の僕」へ

僕《ぼく》は、タンポポになりたい。
受験生《じゅけんせい》という辛《つら》い思《おも》いを
わた毛《げ》に込《こ》めてとばしてしまいたい

西尾　勇輝
福井県　15歳　中学校3年

「弟のひろや」へ

あなたのえ顔《がお》は
ひまわりの様《よう》にかわいいけど、
悪《わる》い事《こと》をした時《とき》、
そのえ顔《がお》でごまかすな。

野坂　瑞季
福井県　10歳　小学校4年

「あさがおくん」へ

みずをたくさんのんでいますか。
おいしいですか。
ときどきさとうみずにしましょうか。

林　悠人
福井県　7歳　小学校1年

「花屋の自分」へ

忘《わす》れないで、
あなたにとっては
数《かぞ》えきれない花束《はなたば》の一《ひと》つが、
その人《ひと》には生涯《しょうがい》の宝物《たからもの》

堀江　香織
福井県　38歳　花屋

「お母さん」へ

ラーメンを三分《さんぷん》待《ま》つのはイライラ。
球根《きゅうこん》が育《そだ》つのを待《ま》つのはワクワク。
今年《ことし》も咲《さ》いたよ。

牧野　早夕花
福井県　11歳　小学校5年

「先生」へ

アサガオを毎日《まいにち》観察《かんさつ》しています。
でも本当《ほんとう》は私《わたし》が観察《かんさつ》されていることに
気付《きづ》きました。

牧野 陽向
福井県 9歳 小学校4年

「花々」へ

君達《きみたち》には人間《にんげん》がつけた
花言葉《はなことば》というものがある。
勝手《かって》につけられた表現《ひょうげん》に
納得《なっとく》してますか

松永 郁弥
福井県 17歳 高校2年

「ママ」へ

小《ちい》さい時《とき》にあげた押《お》し花《ばな》のしおり、
今《いま》でも大切《たいせつ》に使《つか》っているの知《し》ってるよ。

松本　奈奈
福井県　16歳　高校2年

「たんぽぽ」へ

ちいさくて、かわいいのに、
コンクリートに根《ね》をはるなんて、
意外《いがい》と負《ま》けずぎらいだね。

道林　南美
福井県　9歳　小学校4年

「幼い孫娘」へ

キミは、「おいしい?」って
花《はな》に水《みず》をやったよね。
なぁ、そのまんまおおきくなれよ。

吉田　学
福井県

「先生」へ

なつになると、いえのうらに、
ひまわりばたけのめいろができるよ。
みんなであそぶよ。

吉本　菜央
福井県　8歳　小学校2年

「ひまわり」へ

ぼくの背《せ》を追《お》いこすの、
早《はや》すぎないか。
秘《ひ》けつを教《おし》えろよ。

米澤　大地
福井県　11歳　小学校6年

「自分」へ

私《わたくし》は花《はな》の根《ね》です。
咲《さ》かせている花《はな》を一度《いちど》も見《み》たことは無《な》い。
でも私《わたくし》は満足《まんぞく》しています。

新谷　貢
岐阜県　77歳

日常生活上、思うように物事が捗らぬ時、花の根は花を咲かせる為に頑張っている姿に教えられます。

「妻」へ

はなのある女《おんな》でなくていい。
優《やさ》しい妻《つま》で母《はは》であってくれ。
そう、今《いま》のおまえが花《はな》マルだ。

仕事も二人の娘の母も妻もがんばっていると思います。面と向かっては言えないけど、初めて文字にしてみました。

石丸　浩国
岐阜県　44歳　教員

「おかあさん」へ

おかあさん、
はなよめさんのぶうけ、どうぞ。
たんぽとつくしとよつばもいれたよ。

石丸 桃子
岐阜県 5歳 保育園年長

ウエディングドレスを着ていない私（母）に、5才の娘がくれた言葉とブーケ。
嬉しかったです。

「息子」へ

父《とう》さんは怒《おこ》ったけど、
よその畑《はたけ》で採《と》ってきた花《はな》のプレゼント、
ママは嬉《うれ》しかったんだよ。

棚橋　良次
岐阜県　50歳　会社員

「宮澤賢治様」へ

銀河鉄道《ぎんがてつどう》の時刻表《じこくひょう》を
公開《こうかい》して下《くだ》さいませ。
天《あま》の川《がわ》のりんどう畑《ばたけ》で
待《ま》っている人《ひと》がいます。

山本　洋子
岐阜県　主婦

「不器用な父」へ

来年《らいねん》こそは、
母《はは》の日《ひ》に花束《はなたば》を贈《おく》ってみてはどうですか。
お母《かあ》さん待《ま》ってるよ。

佐々木 絢子
静岡県 18歳 高校3年

「今《こん》ちゃん」へ

一面《いちめん》のひまわり畑《ばたけ》と
ソフィアローレンの涙《なみだ》。
覚《おぼ》えてる？
あの映画《えいが》が、また来《く》るそうよ。

学生時代、友と吉祥寺の映画館で涙したものです。
哀愁をおびた音楽とともに鮮明に思い出されます。

槁本 泰江
静岡県 58歳 公務員

「旦那様」へ

薔薇《ばら》の花束《はなたば》!
結婚十周年《けっこんじゅっしゅうねん》って馬鹿《ばか》じゃないの
いくらしたのもったいない
…ありがとう

ドライフラワーにして玄関に飾ってあります。

松永 恵子
静岡県 37歳 主婦

「主人」へ

入院《にゅういん》した時《とき》、
お花《はな》を持《も》って来《き》てくれたのは
嬉《うれ》しかったけど、
それって仏様用《ほとけさまよう》じゃないの？

渡辺 俊江
静岡県 59歳 主婦

「おとうさん」へ

六十本《ろくじゅっぽん》のバラであなたはウルウルになり、
感動《かんどう》のあまり私《わたし》の還暦《かんれき》を忘《わす》れたままですよ。

神谷　純子
愛知県　60歳　主婦

「天国の京子さん」へ

あの時《とき》、花束《はなたば》なんてあげてゴメン。
退院《たいいん》するって聞《き》いて、うれしくて。
ずっと後悔《こうかい》してる

そんなに悪いとは、知らずに退院すると聞いて「おめでとう」と花束をもって行った。
京子さんもお母さんも泣いていた。その意味が2カ月後、わかった。
天国へ旅立ってしまって…。悪い事をしたと今もくやんでいる。

鬼頭 かおり
愛知県 46歳 主婦

「夫」へ

〝売《う》れ残《のこ》りの花《はな》〟の私《わたし》と
結婚《けっこん》してくれてありがとう。
あなたが花《はな》より団子《だんご》で助《たす》かりました。

小西 寛子
愛知県 40歳 フリーライター

「夫」へ

ブーケが持手《もちて》からポロリと折《お》れた。
あれは、私達《わたしたち》の結婚生活《けっこんせいかつ》を
暗示《あんじ》してたんだね。

佐々木 延美
愛知県 52歳 主婦

山あり谷ありどころか、谷あり谷あり苦難の連続でした。
夫婦で力を合わせてやってきたのだもの、来年の銀婚式をささやかに祝いたいです。

「お父さんお母さん」へ

むらさきがすき。
道《みち》や本《ほん》で見《み》つけると、
くすくすわらっちゃう。
わたしの名前《なまえ》、大《だい》すき。

鳥居　純怜
愛知県　7歳　小学校2年

「お空の貴方」へ

母《はは》の日《ひ》に初《はじ》めて
カーネーションもらったよ。
息子《むすこ》の彼女《かのじょ》から。
照《て》れくさくてどうしよう。

上田　純子
三重県　54歳　主婦

我が家では母の日、父の日のイベントはなく、今年初めて息子の彼女がプレゼントしてくれました。ものすごくとまどってしまったのです。去年逝ってしまった主人に宛ました。

「母さん」へ

花《はな》なんか散《ち》って枯《か》れて縁起悪《えんぎわる》！
でも孫《まご》から届《とど》いた米寿祝《べいじゅいわ》いの花束《はなたば》に、
嬉《うれ》し涙《なみだ》が零《こぼ》れたね。

金丸 美志子
三重県 67歳 主婦

今は亡き母、負け嫌いで、花なんか大嫌い！が口癖。でも孫からの初めてのプレゼントに涙 涙

「かあか」へ

かあかのすきなラベンダー。
いまはえだけど、
おおきくなったら、ほんものあげるね。

川北　数馬
三重県　5歳　保育園

子供が母の誕生日にこの手紙とラベンダーの絵をくれました。

「タオ・ライアー」へ

あなたが来《き》て半年《はんとし》。
咲《さ》いたであろう桜《さくら》の分《ぶん》まで弾《ひ》くからね。
いのちの音《おと》が大好《だいす》きです。

橋爪　二三代
滋賀県　40歳　会社員

桜の木から出来ている楽器タオ・ライアーへの想いです。

「親愛なる母上様」へ

家中《いえじゅう》の窓《まど》から花《はな》が見《み》える様《よう》にと
世話《せわ》してた貴女《あなた》は認知症《にんちしょう》。
幼子《おさなご》の如《ごと》く無心《むしん》に花摘《はなつ》み愛《いと》し。

横山 真理子
滋賀県 59歳 主婦

「一筆啓上」の本のファンの母。昨年夏、明るくて多趣味な母（83才）が急に物忘れが頻繁になり突然の認知症診断。だが、無邪気さに頬ゆるむ。

「一年目の夫」へ

枯《か》れそうな時《とき》ほんの少《すこ》し水《みず》を下《くだ》さい。
あなたのそばで咲《さ》き続《つづ》ける
美《うつく》しい花《はな》であるために。

結婚生活一年目。慣れないことに疲れたり自信を失くすこともあります。
そんな時夫からの優しい言葉はこれからも妻として頑張ろうという気持ちになります。

角 あい
大阪府 35歳 公務員

「亡き母」へ

自分《じぶん》の命日《めいにち》に合《あわ》せて
お供《そな》え用《よう》に好《す》きな水仙《すいせん》の花《はな》を
咲《さ》かせるなんて
天国《てんごく》にいても節約家《せつやくか》ね

塚崎　てる子
大阪府　64歳

「おっかあ」へ

『お前《まえ》は勉強《べんきょう》できんのやから、
先生《せんせい》に花《はな》を持《も》って行《い》き』
おっかあ、何《なん》か魂胆《こんたん》あったんか？

西田　金吾
大阪府　65歳　臨時教員

「93歳の母さん」へ

孫《まご》からの敬老祝《けいろういわ》いの花束《はなたば》に、
口紅《くちべに》赤《あか》く写《しゃ》メ自撮《じど》りして
お礼《れい》のメール作《つく》る母《かあ》さんアッパレ。

浜口　須美子
大阪府　59歳　主婦

母は1920年12月5日生まれの今年94才。現役で台所に立ち、俳句とフラダンスが趣味です。

「スイカの神様」へ

庭《にわ》にとばしたスイカの種《たね》。
知《し》らないあいだに花《はな》が咲《さ》いたよ。
大《おお》きなスイカになあれ。

船田　愛子
大阪府　9歳　小学校4年

「君」へ

知《し》りたいけど、知《し》りたくない。
だから僕《ぼく》は、花弁《はなびら》の多《おお》い花《はな》を選《えら》んで、
花占《はなうらな》いをしてしまう

三好 菜央
大阪府 17歳 高校3年

「天国の母」へ

孫《まご》が生《う》まれました桃子《ももこ》と命名《めいめい》。
でもピーチと呼《よ》ばないと笑《わら》わないいんですよ
今時《いまどき》の子《こ》かな？

米田 佐代子
大阪府 64歳

「妻」へ

紫陽花《あじさい》のように、
移《うつ》り気《ぎ》なあなたの心《こころ》を
百年《ひゃくねん》もかけてつかまえる冒険《ぼうけん》が
結婚《けっこん》なのでした。

大内　誠
兵庫県　43歳　会社員

「息子」へ

「お鼻《はな》は?」と聞《き》いたのに、
可愛《かわい》い両手《りょうて》でお花《はな》を作《つく》ってくれた
君《きみ》のこと忘《わす》れられないよ。

久貝 利佐美
兵庫県 48歳 主婦

息子が二才くらいの時に顔の部分を教えるときお目々は?お口は?……までは、うまく答えていたのに、お鼻だけは花だったことを思い出します。(そんな息子も思春期に突入。)

「宇宙人様」へ

おいでください。
この星《ほし》のおもてなしです。
春爛漫《はるらんまん》の桜《さくら》です

種田 淑子
兵庫県 60歳 主婦

「お父さん」へ

父《ちち》の日《ひ》に送《おく》った花《はな》は
枯《か》れてしまっただろうけど
私《わたし》がお父《とう》さんを好《す》きな気持《きも》ちは
枯《か》れないよ

山口　莉奈
兵庫県　16歳　高校2年

「二十歳の自分」へ

「年《とし》の数《かず》だけ花束《はなたば》」は
用意《ようい》は楽《らく》だが年々《ねんねん》小遣《こづか》いを圧迫《あっぱく》するぞ。
安易《あんい》に決《き》めずに一考《いっこう》せよ。

山田　功
兵庫県　65歳

今年は六十四本分の誕生日おめでとうを妻に。

「あ・な・た」へ

誕生日《たんじょうび》にスーパーのビニール造花《ぞうか》十本《じゅっぽん》。
30年後《ねんご》、女心《おんなごころ》のわからなさ、
更《さら》に磨《みが》きかかったね

鶴井　綾子
奈良県　60歳

バラの花、一本でいいのに…。

「一歳の息子」へ

シャクラ、チュリプ、
アジシャイ、アシャガオ。
散歩中《さんぽちゅう》、得意気《とくいげ》に指《ゆび》さす君《きみ》。
大好《だいす》きよ。

笹尾 知佳
鳥取県 33歳 公務員

「主人殿」へ

おい、買《か》って来《こ》い。
何《なに》をと、言《い》う間《ま》に電話《でんわ》切《き》れ、
主語無《しゅごな》き夫《おっと》に、献上《けんじょう》します、
ぼけの花《はな》

西垣 順子
鳥取県 65歳 主婦

「認知症のお母さん」へ

あなたの作品《さくひん》の押花《おしばな》を持《も》って会《あ》いに行《い》くよ。
もう、私《わたし》を誰《だれ》かなって言《い》わないで。

池田　和代
岡山県　50歳　会社員

60代で認知症になったお母さん。今、何歳の記憶の世界にいるのか、いつも会話は、すれ違いです。もっともっと母娘の会話がしたいのに。

「母」へ

「母《はは》の日《ひ》はピアスが欲《ほ》しい」なんて、
パパはもう一《いっ》ヶ《か》月《げつ》も前《まえ》から
花束《はなたば》の予約《よやく》入《い》れてるよ！

川上 まなみ
岡山県 19歳 大学1年

「和子先生」へ

先生《せんせい》が私《わたし》の花壇《かだん》にまいて下《くだ》さる学問《がくもん》の種《たね》。
きっと色《いろ》とりどりの花《はな》を咲《さ》かせてみせます。

野口 望
岡山県 27歳
テレフォンオペレーター

「夫」へ

一人《ひとり》で小田原城《おだわらじょう》にお花見《はなみ》に行《い》ったのは、
私《わたし》と行《い》くための下見《したみ》だったのですね。
ご苦労様《くろうさま》。

山田　裕美
岡山県　57歳　主婦

夫は神奈川県に単身赴任中　ちょっと皮肉っぽく…笑

「私を生んでくれた母」へ

初《はじ》めて母《はは》の日《ひ》に花《はな》を送《おく》ります。
五十年《ごじゅうねん》も待《ま》たせてごめんね。
ありがとう生《う》んでくれて。

若狭　庸子
岡山県　54歳　主婦

幼い頃、実父を亡くし、先年育ての親が他界しました。そしてやっと実の母へ母の日のカーネーションを送ることができました。泣いて喜んでくれました。

「おばあちゃん」へ

ぼけの花《はな》を見《み》るたび
「私《わたし》と同《おな》じ。」と笑《わら》っていたね。
私《わたし》の花嫁姿《はなよめすがた》には間《ま》に合《あ》わなかったね。

梅野　宏枝
広島県　42歳　自営業

「おじいちゃん」へ

おじいちゃん、頭《あたま》が寒《さむ》そうだね。
そこにあじさいの花《はな》を乗《の》せてあげたい

門田　梨花
広島県　14歳　中学校3年

「愛しの我　娘殿」へ

娘《むすめ》の三千花《みちか》と言《い》う名前《なまえ》、
小一《しょういち》の一学期《いちがっき》に全《すべ》て習《なら》えるピカイチ漢字《かんじ》。
名《な》づけの私《わたし》に感謝《かんしゃ》せよ

助信　令子
広島県　52歳　ホームヘルパー

「母さん」へ

花《はな》ってさ、
なんのためにさいとんじゃろうか。
気《き》になるじゃけど教《おし》えてくれん

渡邉　らら
広島県　12歳　小学校6年

花はなんのためにさいているのか気になっているのか

「今年のサクラ」へ

家族皆《かぞくみんな》でそっと待《ま》っていました。
一浪《いちろう》した息子《むすこ》の元《もと》へ有難《ありがと》う。
届《とど》きました『サクラサク』

小河　眞紀子
山口県　52歳　主婦

毎年桜は咲きますが、我家にとって、今年のサクラは、特別でした。
うれしいって、いいですね。

「あなた」へ

あなたの言葉《ことば》はいつもこう。

「そこに花屋《はなや》があったから。」

はにかみ贈呈《ぞうてい》、ありがとう。

重永 素子
山口県 56歳 ピアノ講師

「自分」へ

母《はは》の日《ひ》のカーネーション。
よかったね。ずっと待《ま》ってたね。
子供《こども》がおなかに宿《やど》ってから。

小林 美穂
徳島県 44歳 主婦

「娘」へ

帰《かえ》りが遅《おそ》い！
叱《しか》ったら涙《なみだ》ぐむ瞳《ひとみ》で「お母《かあ》ちゃんに…」
可愛《かわい》い一輪《いちりん》の花《はな》が握《にぎ》られていたね

那賀川　恵子
徳島県　60歳　主婦

「亡き父」へ

草花《くさばな》の可愛《かわい》さに夢中《むちゅう》です。
六十五歳《ろくじゅうごさい》になって初《はじ》めて、
あなたの遺伝子《いでんし》を実感《じっかん》しています。

岸田 正明
香川県 65歳 会社員

夕食の直前、実家の庭で花の手入れをしている時に倒れ、そのまま逝った父へ

「母」へ

グラジオラスが好《す》きだという事《こと》も
初《はじ》めて知《し》った最期《さいご》の時間《じかん》。
ごめん、何《なに》も知《し》らなかった。

森田 欣也
愛媛県 51歳

私の介護疲れから亡くなった母と過ごした最期の時間の中で
いろんな話をしてくれた。私は母の事何も知らなかった。

「工事現場のおじ様」へ

息子《むすこ》の小《ちい》さな手《て》から差《さ》し出《だ》された
名《な》も知《し》らぬ花《はな》を受《う》け取《と》って下《くだ》さった
優《やさ》しい方《かた》ありがとう

笠井　さゆり
高知県　45歳　事務員

配管工事をされていて土の中から顔をヒョコッと出された工事のおじ様に4才だった息子が「これあげる」と差し出した花を優しく受け取って下さった方がおりました

「両親」へ

せっかく花《はな》の名前《なまえ》を付《つ》けてくれたのに、全《まった》く花《はな》が似合《にあ》わない娘《むすめ》で、すみません。

竹一　百合
高知県　33歳　主婦

「そう宣《のたま》うあなた様」へ

『高齢者《こうれいしゃ》』とは、それはいったい誰《だれ》のこと?

花一輪《はないちりん》あれば、いつでも少女《しょうじょ》に戻《もど》りまーす。

竹村 悦子

高知県 66歳 主婦

「入院の姑」へ

病室《びょうしつ》で生《い》ける花《はな》、
あんたより、きれいかバイと大笑《おおわら》いする。
それが、ほめ言葉《ことば》だろうか？

稲員　秀子
福岡県　65歳

「思春期の息子」へ

台風《たいふう》が朝顔《あさがお》を倒《たお》した時《とき》大声《おおごえ》で泣《な》いたね。
あの涙《なみだ》を思《おも》い出《だ》し、
じっと耐《た》える時《とき》があるのよ。

尾形 浩美
福岡県 51歳 主婦

思春期になり、口を開けば憎まれ口となりますが、幼い日を思い出し、優しい思いやりのある子だからと、自分に言いきかせてる様子です。

「お父さん」へ

茗荷《みょうが》って花《はな》が咲《さ》くんだ。
こっそり植《う》えて逝《い》くなんて、
お父《とう》さんらしくて笑《わら》えます。

田上 みゆき
福岡県 55歳 パート

「主人」へ

一番《いちばん》嬉《うれ》しいのは花束《はなたば》なんだけど。
いつもアピールしているんだけどな。

いつも「何がほしい?」と、言われるので、「お花」と答えるけど、なかなか届きませんねー。

橋口　智保子
福岡県　35歳

「友」へ

友達《ともだち》になってかれこれ四十年《よんじゅうねん》ですね。
今《いま》でも会《あ》うと、心《こころ》にポンと花《はな》が咲《さ》きます。

神代 幸枝
佐賀県 56歳 日本語講師

「九州男児の夫」へ

男《おとこ》が花《はな》なんか！と言《い》う
貴方《あなた》がくれたピンクの小花柄《こばながら》のハンカチ。
ふふふ。ありがとう。

吉田　誌子
佐賀県　35歳

私の誕生日に主人から差し出されたハンカチ。よくよく表示を見ると、台ふきんでした。

「92歳の母さん」へ

「紫陽花《あじさい》は雨《あめ》に打《う》たれて色《いろ》を増《ま》す」

母《かあ》さんの言葉《ことば》で頑張《がんば》れたよ。

三年後定年《さんねんごていねん》を迎《むか》えます。

吉村 金一
佐賀県 57歳 塾講師

大学卒業後、就職して3カ月ほど経った頃のこと。社会のきびしさを知りやめたいと言った時、母がこう諭してくれました。あれから35年、同じ職場で頑張れました。

「父さん」へ

父《とう》さんは、花《はな》のようです。
なぜかと言《い》うと、
よっぱらったとき
くにゃくにゃになるから。

村田 佳駿
長崎県 11歳 小学校6年

「お母さん」へ

台所《だいどころ》に生《い》けた一本《いっぽん》の赤《あか》い花《はな》。
素直《すなお》に言《い》えなくてごめんね。
気《き》づいてほしいな私《わたし》の気持《きも》ち。

井手　綺璃子
熊本県　高校2年

「梅の花」へ

梅《うめ》の花《はな》はいい香《かお》り。
香《かお》りにうっとり。
思《おも》いは早《はや》くも梅干《うめぼし》に。
夏《なつ》が待《ま》ち遠《どお》しい。

木下 文理
熊本県 61歳

「友達」へ

ブーケトスを受《う》け取《と》ってから7年《ねん》。
効《き》き目《め》が弱《よわ》いので
責任《せきにん》持《も》って世話《せわ》してください。

清田　真奈美
熊本県　30歳　会社員

「夫」へ

いつも誕生日《たんじょうび》にお花《はな》をありがとう。
そして母《はは》の日《ひ》も――。
私《わたし》あなたの母《はは》じゃないのにね。

小山　清子
熊本県　55歳　主婦

「君」へ

君《きみ》に恋《こい》した夏《なつ》の夜《よる》
花火《はなび》にみとれる横顔《よこがお》は、
花火《はなび》よりも
ずっとずっとキレイだったよ。

西村　篤樹
熊本県　中学校3年

「菜の花」へ

私《わたし》の名前《なまえ》は、母《はは》があなたを見《み》て決《き》めました。
その時《とき》咲《さ》いていてくれてありがとう。

福本　菜々香
熊本県　15歳　中学校3年

「母ちゃん」へ

痩《や》せっぽちの母《かあ》ちゃんが
ハウスで作《つく》るトルコ桔梗《ききょう》は、
骨太《ほねぶと》でふっくらと咲《さ》く世界一《せかいいち》の花《はな》。

川西 敦子
大分県 52歳 福祉施設職員

現在76歳になる母は、今年もトルコ桔梗のハウス栽培を二棟のビニールハウスで続けています。

「夫」へ

誕生日《たんじょうび》に贈《おく》ってくれた
歳《とし》の数《かず》だけあるバラの花束《はなたば》。
いつからやめたんかな。
もう無理《むり》？

髙木　敦子
大分県　44歳

「94才の母」へ

野良仕事帰《のらしごとがえ》り、
夜道《よみち》の山《やま》ユリを一枝《ひとえだ》とって
土間《どま》に飾《かざ》った母《はは》。
活花《いけばな》続《つづ》けたかったんだよね。

若い時、活花を少しかじった母が農家の嫁となり、30代の頃の話です。
「暇じゃなぁ。」と姑に言われたと母が言う。もう、花は飾らなかったと母が言う。

中森 吉男
大分県 58歳 中学校校長

「自分」へ

ただいま、返事《へんじ》がない。
母《はは》はもういないんだ。
庭《にわ》にコスモスが咲《さ》いているだけ。

急逝した母、庭には毎年、コスモスが咲いている。

加藤 孝二
宮崎県 60歳

「夫」へ

散歩《さんぽ》しながらしりとり遊《あそ》び。

「なでしこ」「コスモス」「スミレ」

私達《わたしたち》のボケ防止《ぼうし》だね。

森 のり
宮崎県 70歳 パート

愛犬を連れ毎日約一時間の散歩。夫74歳。私70歳です。

宮田　葉生
鹿児島　8歳　小学校2年

「かえうた母さん」へ

「母《かあ》さんは夜《よ》なべをして
何《なん》にも作《つく》ってくれない」
けどぼくは大好《だいす》きなママに花《はな》をおくるね

いつもこの「かえうた」をうたってわらわせる「おもしろ母さん」に、
ぼくは花をつんでプレゼントしようと思います。

「桜島さん」へ

噴火《ふんか》ご苦労様《くろうさま》です。
桜《さくら》が付《つ》くのになぜ灰《はい》を降《ふ》らせるの?
桜《さくら》の花《はな》びら、たまには降《ふ》らせてね

鹿児島のシンボルではありますが、毎年、灰に悩まされています。たまには文句の一つでもと、手紙にしました。

山元　久美子
鹿児島県　47歳　主婦

「息子」へ

ママが「綺麗《きれい》なお花《はな》ね」と言《い》うと、
自分《じぶん》のお鼻《はな》を指差《ゆびさ》すね。
たくさん言葉《ことば》を覚《おぼ》えようね。

もうすぐ二歳になる息子は何にでも興味津々。いろんな単語を吸収している毎日です。
一緒に会話が出来る日が待ち遠しく思っています。

上地　理恵子
沖縄県　38歳　会社員

「お父さん」へ

小《ちい》さい頃《ころ》、
父《ちち》の日《ひ》にあげた道端《みちばた》に咲《さ》いてた花《はな》。
押《お》し花《ばな》にしてるの知《し》ってうれしかった。

佐久田 歩夢
沖縄県 16歳 高校1年

小学校低学年の時に、父の日にあげた花が押し花にして写真立てにかざってあった。
それに気づいたのは中学生になってからだけどすごくうれしかった。

「日本の親友」へ

いま食《しょく》したきは湯豆腐《ゆどうふ》と熱燗《あつかん》。
飾《かざ》る花《はな》は桔梗一輪《ききょういちりん》の気分《きぶん》。
ウィーンで古希《こき》を迎《むか》えたよ。

柏原　水和
オーストリア　70歳

「おかあさん」へ

がっこうでたんぽぽをみつけたよ。
二《ふた》つずつさいていて、
わたしとれみみたいだったよ。

小林　美樹
カナダ　7歳
日本語補習校1年

れみとは、いもうとのことです。

「かいちゃん」へ

ようちえんになっても、
がんばってね。
ぼくたちがうえた向日葵《ひまわり》が、
おうえんしているよ

はじめての学校で分からないこともいっぱいあるけれど、
ぼくは、おうえんしているよという気もちです。

長田 ノアーカイ拓巳
カナダ 8歳
日本語補習校3年

「シマリス」へ

ひまわり畑《ばたけ》でたくさんのたねを見《み》つけたよ。
寒《さむ》くなる前《まえ》におなかいっぱい食《た》べに来《き》てね。

長嶺　琉海
アメリカ　9歳
日本語学校3年

娘は毎年、冬眠のために食べ物を探すリスのことを心配しています。今年は冬の訪れが早いようです。そんな想いでリスへ手紙を書きました。

予備選考通過者名

順不同

北海道

石神　由美子
井上　彰
黒崎　美穂
笹口　好江
佐藤　友紀

青森県

原子　澄子
町田　奈津江

岩手県

川越　絵美
川原田　弘志
佐藤　安子
林本　五月

宮城県

松本　としゑ

秋田県

上野　ちはま
柿崎　栄美子
加藤　肇
京野　幸子
今野　芳彦
齊藤　美奈子
斉藤　美和子
那須　チカ子
松野　裕子

山形県

岩野　祥子
小田部　令子
上林　政子
齋藤　健
庄司　彩枝子
新野　日女
堀江　敏幸
山田　啓子
渡部　廣子

福島県

市原　誠也
伊藤　萌々
小林　薫
佐藤　誠一郎
島影　郁佳
白岩　広美
古川　あづさ
湊　壽子
目黒　万紀
矢澤　郁代
山内　璃乃
山内　毬乃

茨城県

飯島　菜摘
稲益　知佳
北口　真之惟
倉持　広子
藤田　邦子
先﨑　千恵子

栃木県

萩原　たみえ
杜　芳野

群馬県

赤澤　裕子
飯沼　亮哉
金井　勘司
金澤　綾
鶴淵　一輝
橋爪　丈博
吉田　寿美子

埼玉県

赤塚　勢津子
アシェ　サカエ
池田　裕子
石井　景子
石川　康子
市川　淑子
内山　裕子
鵜瀬　恵子
奥山　和代
加藤　洋子
金子　丈朗
駒場　亜希子
齊藤　美奈子
坂口　広子
坂田　みつ江
作田　文平
清水　正子
清水　正行
高尾　初美
髙橋　悟
髙橋　正
瓊田　青壇
長坂　均
中村　マリ子
蓮見　多津子
長谷川　知恵子
福原　万葉
松本　陽子
宮田　明
村田　睦美
森井　小百合
柳瀬　匡志
山田　桜子
吉澤　孝志
渡部　勝

千葉県

石田　桃
猪野又　洋子
内川　和子
岡　紀子
奥田　起己
奥田　富子
小貫　明美
小野　千尋
小野　千尋
小野寺　直美
栗山　実夕
齋藤　文華
斉藤　まち子
篠﨑　佳代子
田中　航太郎
田巻　悦子
椿　洸太
西　晴子
野添　妙子
廣井　美緒
藤﨑　和海
松田　ひとみ
宮﨑　幸子
八木　晴美
安食　諒亮

安本 雅子
山本 雅子
渡辺 君代

東京都

池上 浩子
伊藤 尚紀
大久保 美舟
大貫 幸道
小笠原 和花
岡島 涼子
金井 淳子
狩野 大地
熊谷 恵子
阪井 雅子
佐久間 千代子
沢渡 隆
鎮目 朋子
住友 貴子
高島 泰一
谷川 規子
塚本 一裕
寺井 咲
寺田 智子
戸田 和宜
富宇加 五津子
中川 由美
中山 志輝
成島 美保子
福島 洋子
二村 吉光
平馬 恵子
牧野 仁香
増田 真奈美
宮城 晴夏
森田 壮一郎
山下 温美
吉岡 愛実

神奈川県

安藤 照子
小沢 洋子
木島 圭子
黒澤 優太
古玉 響子
竹原 順子
竹原 順子
田邉 悦子
遠山 和子
戸田 系子
中村 あきこ
堀 祐吉
堀江 美紀
堀之内 晃
村野 智美
村松 克俊
森山 真希
谷地 美登利
山下 裕貴
大和 まどか
山之口 泉
山本 美智子
吉田 洋和
和田 正子

長野県

河野 郁子
清水 真り子
鈴木 恵子
関 幸子
関口 快
平川 紀美代
町田 貫一
町田 ゆかり
宮下 琴都美

新潟県

石本 亜弥子
加藤 実南
北村 琴乃
草野 正信
鈴木 七海
寺田 博史
二瓶 ユキ子
前田 彩伽
丸山 里子
森山 勉

富山県

堀井 民子

石川県

川口 瑠姫
北見 麻香
北村 喜久栄
田邊 寛明
平田 智菜
前田 睦子
松井 翔夢
森田 仁
矢田 裕子

福井県

揚原 恭子
油谷 惺吾
荒木 貴文
池田 悠真
伊佐田 真礼
石本 麻衣子
上田 新人
上野谷 絹代
梅田 喜美子
梅田 直人
岡 武彦
尾原 光耀
笠原 千桜
春日 佐紀子
角野 美和
川口 実季
川本 豊志
勘座 藍衣
北川 拓磨
木下 しんじ
木村 さゆり
久保 琹
黒川 貴代
黒田 早桜
小寺 美智子
小林 大芽
小林 ちづ子
小林 弥優人
島崎 美穂
真橋 成和
真橋 成和
杉川 向日葵
杉田 富美代
杉山 美和
千石谷 有菜
髙嶋 ゆみ子
高はし ゆな
谷川 久美子
谷川 美羽
谷口 昌代
たにぐち ももか
土守 美幸
坪川 淳一
坪田 翔一朗

福井県

出口 雅弘
中村 公雄
中村 公雄
中村 公雄
中村 公雄
中本 彗翔
中山 芽依
橋詰 武
長谷川 泰可
羽生 弥生
はま野 海ろ
日比 悠里
藤田 俊平
不破 正登
堀 真莉菜
本村 明美
本多 ごうき
増田 栄一
増田 栄一
増田 浩二
松見 良江
松本 涼志
美尾谷 夏輝
宮本 爽央
毛利 洋彰
森村 すぴか
山口 麗音
山田 夏凜
横山 春野
横山 泰代
吉田 利恵

岐阜県

後藤 順
松原 映子
森 夢加
森 夢加

静岡県

加藤 佳子
久郷 純奈
友田 百合子
二上 武子
水野 実紀
八木 禎実
渡井 恵美子

愛知県

青山 晃江
猪崎 奈津美
伊藤 友美
尾島 深雪
河内 正美
小久保 継
近藤 舞
竹内 祐司
武田 節子
藤沢 知里
安井 俊夫
横井 一時

三重県

梅村 和子
駒田 博之
坂本 留美子
天白 晶子
林 容子
増田 木綿子
松本 文子
山中 花菜

滋賀県

青木 優花
奥中 紀一
藤森 政代
松岡 紀子

京都府

浅田 富美子
井上 久美恵
草刈 陽子
倉橋 万青
齋藤 妙子
長廻 節子
那須 啓人
堀田 茜
松本 俊彦

大阪府

赤嶺 幸子
泉谷 一夫
稲場 敏明
大田 尋枝
黒木 萌
高橋 昭子
寺崎 温子
中西 誠治
樋口 洋子
廣瀬 恭子
福井 孝博
宮本 みづえ
山本 尚也
吉田 亜古
吉田 彩乃
渡辺 廣之
渡辺 礼次

兵庫県

赤木 千鶴
朝井 壽子
井上 泰子
上田 直美
桂 純子
木原 佑菜
黒田 和花
小林 宏子
中尾 米子
中川 知浩
中川 勇一郎
永富 真結
中村 純與
秦 久美子
花澤 かおり
福岡 叶望
藤本 華穂
藤本 悠誠
前村 はるみ
三木 志織
山下 茂
山本 宏子

奈良県

玉井 すみ子
林 俊雄

和歌山県

岡 光世
中辻 久美子

鳥取県

大久保 貴子

島根県

落合 光一
田中 美佐子

岡山県

岩野 正則
金尾 理佐
川上 まなみ
冨田 一廣
中川 貴子
難波 安津子
森貞 和子

広島県

板坂 晃希
大野 詩梨
奥田 千也
熊本 明子
笠井 孝洋
高橋 郁江
田原 千代子
辻本 将太郎
松本 千春
藤川 史帆

山口県

内山 幸男
川崎 厚子
川崎 厚子
後藤 規江
後藤 宏子
髙井 志織
三好 郁子
村田 みちる

徳島県

荒田 妙
川島 裕子
高田 勢津子
米崎 房

香川県

香川 紗恵子
佐藤 由美子
玉井 一郎

愛媛県

青野 八重
谷中 ひとみ

高知県

村田 拓大

福岡県

安藤 真澄
猪口 高徳
猪原 稔夫
大石 可奈
岡本 智子
河野 望
小茂田 誠子
齋藤 直子
佐藤 陽子
下野 えい子
下野 真理
田中 紀子
中島 聡哉
永野 懐
中村 かほる
中山 朋美
原 唯
松井 久仁雄
松尾 文恵
宮崎 陽子
山石 有紀美
山下 桂
山辺 大地
山本 憲一郎
湯浅 成美
和仁 暢子
和仁 暢子

佐賀県

井田 結衣子
大久保 豪人
兼武 雄一
土谷 萌華
新村 良峻
山口 富子
吉永 雅子

長崎県

江口 雅子
中園 真理
福田 航
溝上 志津子
森川 享子
山下 研一

熊本県

河添 由美子
島崎 沙恵
冨永 祐進
羽山 たつ子
藤田 加津代
Moeran 亜南
森山 郁弥

大分県

今永 恵子
遠藤 貴子
甲斐 裕見
髙木 敦子

宮崎県

川崎 多美子
妹尾 真里
疋田 菫

鹿児島県

大園 敦河
小園 航太郎
林 ひとみ
森 みずほ

沖縄県

市原 ヨネ子
金城 友子
金城 奈美
金城 まどか
国吉 奈那子
城間 花歩
砂川 結友
平良 麗
玉城 侑夏
渡久山 亜海
富里 華乃
長濱 瑞歩
野原 新隆
細羽 美咲
與那城 宅映

カナダ

フランズ 愛
フロメント ミミ

フランス

松宮 ノブ子

あとがき――〝花咲きたらば、実とならむ〟

今回の「花」はこれまでの一筆啓上賞のテーマとしては、新たな旅立ちでした。直接的なテーマを、より手紙にふさわしい題材を扱ってきましたが、より文学的な世界に入れたらと思ったのです。

百二十万通余からあふれる想いは、多くの人の心へと沁みてきました。時には背を押し、時には想いを共有してくれました。応募される皆さんから、また作品に添えられた文から多くの物語が語られていました。選考の対象にはなっていませんが、四十文字では語りきれない想いを綴ったものです。

想いが深ければ深いほど、あふれるのだと思い知ったわけです。「花」は、ひょっとしたら、あふれる想いを包括的に包んでくれるのではと期待したのです。

期待が当たったか、そうでなかったか、まだ今回だけでは答えを出しきれませんが、一通一通の花に寄せながら伝えようとする皆さんの想いは深く伝わってきました。じわりじわりと伝わってきました。ありがとうございました。いつの日かこの花が実となることを願っています。

住友グループ広報委員会の皆様には、この新たなテーマに取り組んでいただきました。それぞれの作品に「花」の姿を浮かべながらの選考となりました。おつかれ様でした。

選考委員の池田理代子さん、小室等さん、佐々木幹郎さん、新森健之さん、中山千夏さん、年月を重ねてより熱い選考となりました。何が大切なのかを改めて伝えていただきました。

日本郵政の皆様にはこの二十二年間、手紙文化を育てていただきました。全国津津浦浦の郵便局の皆様これからもよろしくお願いいたします。共に育んでいただければ幸いです。

この花を綴っていただき、二十二冊目の「花」を上梓いただいた中央経済社最高顧問山本時男様には重ねて感謝いたします。

今夏、「一筆啓上　日本一短い手紙の館」がオープンいたします。二十三年目に想いを込めて、その想いを検証するために創設するものです。まだ世界には手紙博物館は存在しません。皆さんとともに、想いを伝えるための拠点になれば、幸福です。
どうか一度は訪問いただき、体感いただきたいと心から願っています。

二〇一五年四月

編集局長　大廻　政成

日本一短い手紙「花」第22回一筆啓上賞

二〇一五年四月一五日　初版第一刷発行

編集者――公益財団法人丸岡文化財団
発行者――山本時男
発行所――株式会社中央経済社
〒一〇一－〇〇五一
東京都千代田区神田神保町一－三一－二
電話〇三－三二九三－三三七一（編集部）
〇三－三二九三－三三八一（営業部）
http://www.chuokeizai.co.jp/
振替口座　00100-8-8432
印刷・製本――株式会社　大藤社
編集協力――辻新明美

ISBN978-4-502-13771-6　C0095

四六判・160頁
本体900円＋税

四六判・162頁
本体900円＋税

B5変形判・64頁
本体1,429円＋税

シリーズ 全22冊

好評発売中

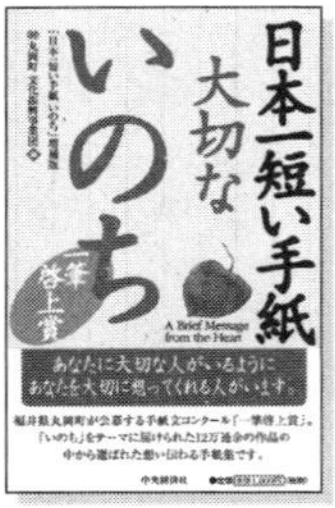

四六判・224頁
本体1,000円＋税

四六判・216頁
本体1,000円＋税

四六判・258頁
本体900円＋税

四六判・210頁
本体900円＋税

四六判・216頁
本体1,000円＋税

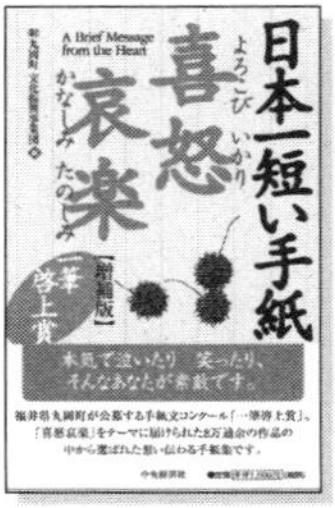

四六判・206頁
本体1,000円＋税

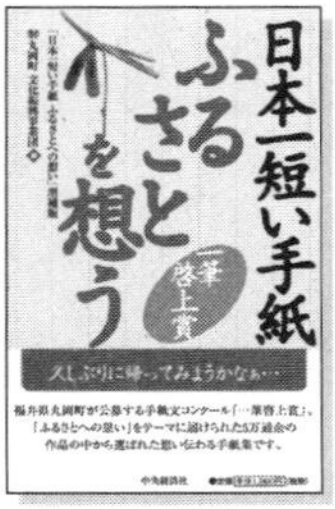

四六判・218頁
本体1,000円＋税

四六判・196頁
本体1,000円＋税

四六判・216頁
本体1,000円＋税

四六判・236頁
本体1,000円＋税

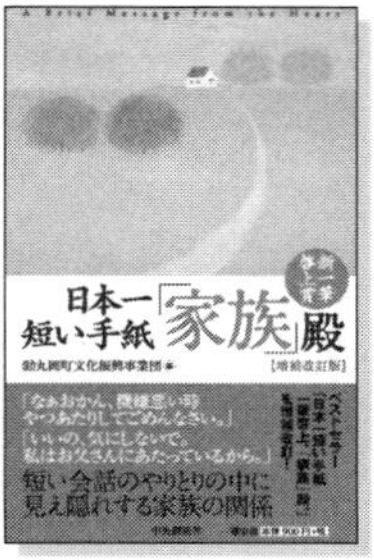

四六判・162頁
本体900円＋税

「日本一短い手紙」

公益財団法人丸岡文化財団 編

四六判・168頁
本体900円＋税

四六判・220頁
本体900円＋税

四六判・188頁
本体1,000円＋税

四六判・198頁
本体900円＋税

四六判・184頁
本体900円＋税

四六判・186頁
本体900円＋税

四六判・178頁
本体900円＋税

四六判・184頁
本体900円＋税

2015年　今夏オープン!!

完成イメージ

福井県坂井市に「手紙博物館」建設中

手紙文化の復権・確立やさらなる進化、新たな手紙文化の創造という目的を果たすため、日本初となる手紙博物館を建設しております。

建物内には一筆啓上賞・一筆の歴史・企画展等の展示室があり、3階は丸岡城の映像や坂井市の観光スポット紹介のフロアとなっています。

また、外に出られる展望デッキからは丸岡城が一望出来ます!

詳細は公益財団法人丸岡文化財団のホームページでご確認ください。

この書籍『日本一短い手紙「花」』をご持参いただきますと、手紙博物館への入館料が無料になります!